D1722209

ARAKANGA

Roman

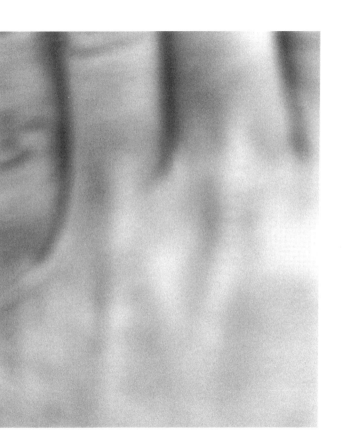

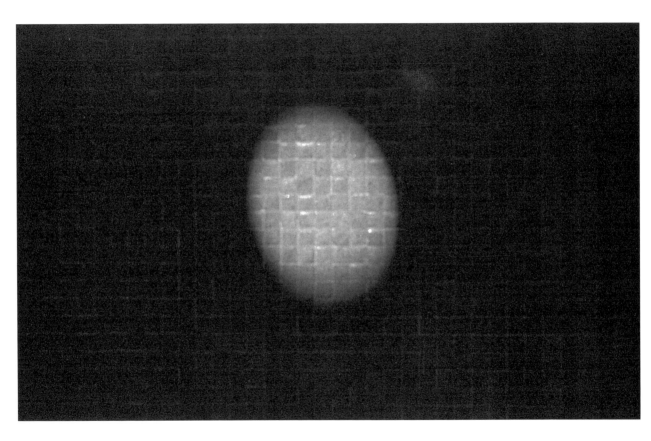

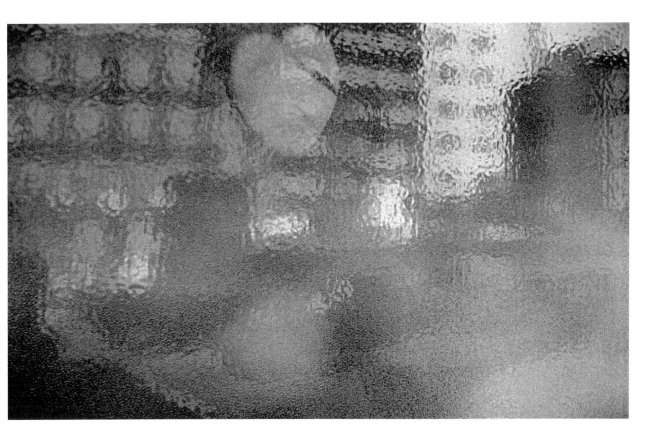

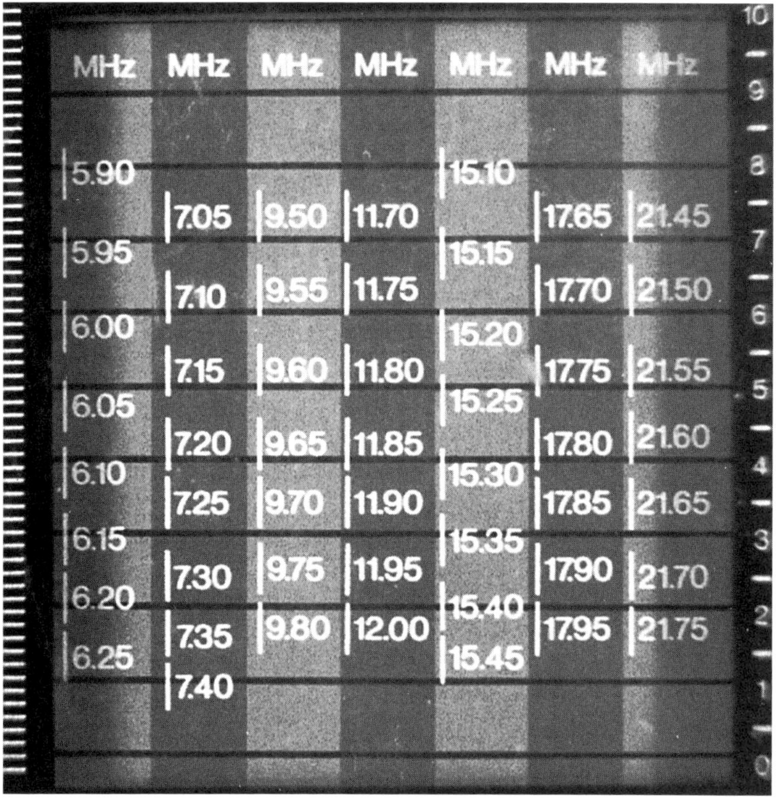
MHz
MHz
MHz
MHz
MHz
MHz
MHz
5.90
5.95
6.00
6.05
6.10
6.15
6.20
6.25
7.05
7.10
7.15
7.20
7.25
7.30
7.35
7.40
9.50
9.55
9.60
9.65
9.70
9.75
9.80
11.70
11.75
11.80
11.85
11.90
11.95
12.00
15.10
15.15
15.20
15.25
15.30
15.35
15.40
15.45
17.65
17.70
17.75
17.80
17.85
17.90
17.95
21.45
21.50
21.55
21.60
21.65
21.70
21.75
10
9
8
7
6
5
4
3
2
1
0

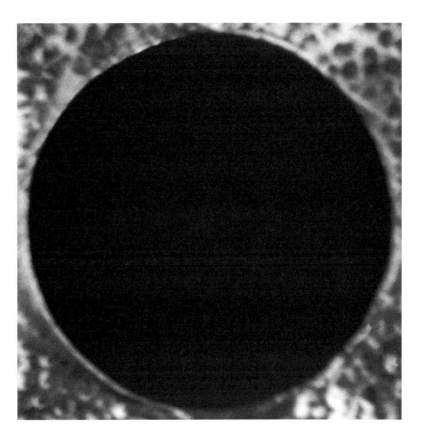

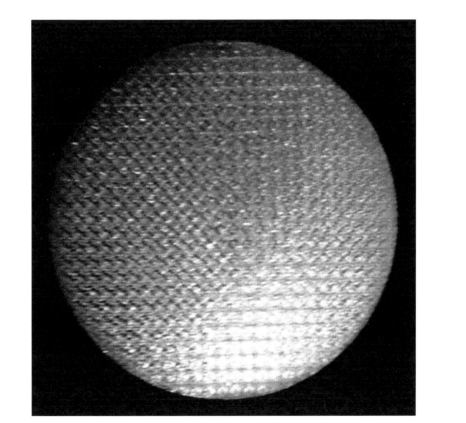

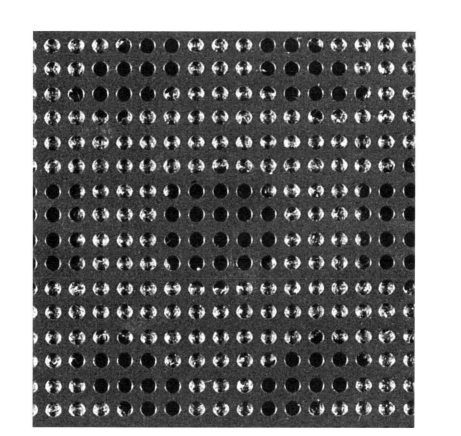

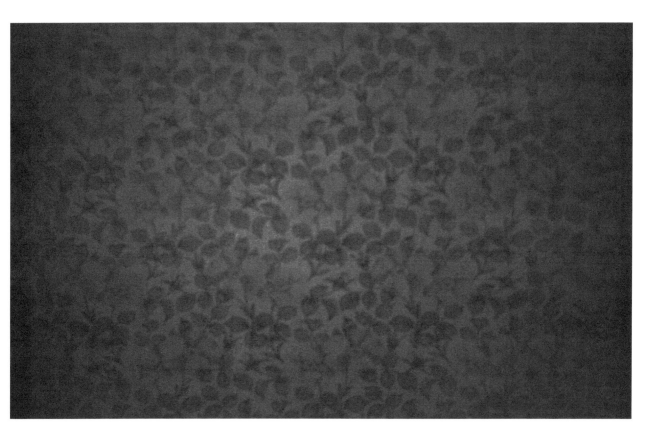

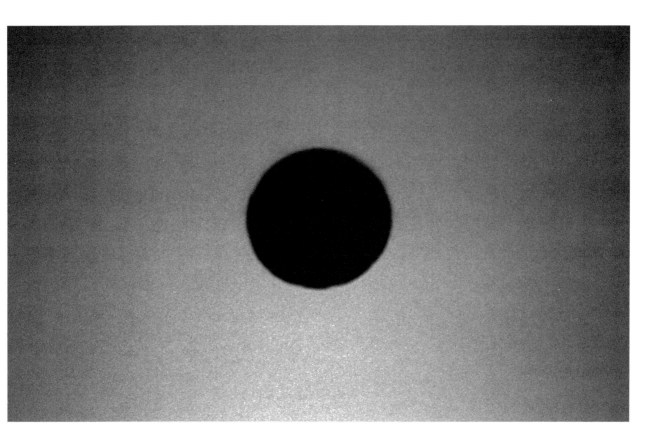

Claudio Moser
ARAKANGA

Der Titel des Buches wurde dem Roman «Toteninsel»
von Gerhard Meier entnommen.

Lithos: Litho AG, Aarau
Herstellung: Buchdruckerei AG, Baden
Printed in Switzerland

© Edition der Tage, Baden 1993
ISBN 3-9520525-0-7

Der Autor dankt dem Kuratorium
zur Förderung des kulturellen Lebens im Kanton Aargau
für die finanzielle Unterstützung.